ARVIRE ET EVELINA,

TRAGÉDIE-LYRIQUE

EN TROIS ACTES;

REPRÉSENTÉE, POUR LA PREMIERE FOIS, SUR LE THÉATRE

DE L'ACADEMIE-ROYALE *DE MUSIQUE,*

Le Mardi 29 Avril 1788.

PRIX XXX SOLS.

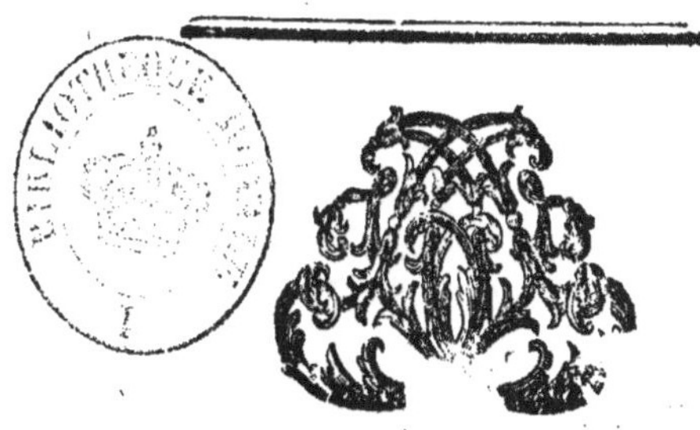

A PARIS,

De l'Imprimerie de P. DE LORMEL, Imprimeur de ladite Académie, rue du Foin Saint-Jacques, à l'Image de Sainte Genevieve.

On trouvera des Exemplaires à la Salle de l'[illegible]a.

M. DCC. LXXXVIII.

Avec Approbation, & Privilège du Roi.

Les Paroles de M. GUILLARD.

La Musique de feu SACCHINI.

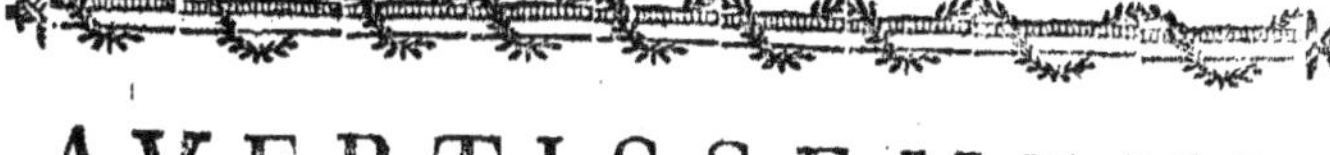

AVERTISSEMENT.

Sous l'empire de Claude, les Romains firent de fréquentes invaſions dans les Iſles de la Grande Bretagne. Ils ne durent qu'à la ſupériorité de leur tactique les ſuccès qu'ils obtinrent contre une Nation diviſée alors en différens petits Etats, mais réunie lorſqu'il s'agiſſoit de l'intérêt général de la Patrie. Si l'on en croit les Bardes, qui étoient à la fois leurs Poëtes & leurs Hiſtoriens, ces Peuples, quoique encore barbares, firent contre les Légions Romaines des prodiges de valeur. Un des Chefs ou Rois qui inquiétèrent le plus long-tems les Généraux de Claude, fut Caractacus, Roi des Silures. Il tint tête pendant pluſieurs années aux plus grands Capitaines de l'Empire. Il fut enfin défait par Oſtorius, & ſa femme emmenée captive à Rome. Il échappa aux recherches du vainqueur qui brûloit de l'emmener captif & de l'enchaîner à ſon char de victoire, ſelon l'uſage des Triomphateurs Romains. La ruſe acheva ce que la force n'avoit pu faire, & Cartiſmandua, Reine de Brigante, ſecrétement alliée aux Romains, ſe ſervit de ſes fils pour tromper cet illuſtre Défenſeur de la cauſe commune. Elle le fit remettre au pouvoir d'Oſtori[illegible]ui le conduiſit à Rome. On peut voir dans Ta[illegible]e d[illegible] plein d'énergie que cet Hiſtorien lui fait pron[illegible]er. Il en impoſa à Claude & au Sénat par cette fermeté héroïque, que ſes revers n'avoient point affoiblie, & que vingt années de gloire relevoient encore. Céſar le renvoya dans ſes Etats, comblé de préſens. V. Tacit. ann. lib. 12. §. 33, 34, 35, 36 & 37.

M. William Maſon a traité à Londres ce ſujet. Il a été

joué en 1776, sur le Théâtre de Covent Garden, sous le titre de Caractacus. Ceux qui liront l'Ouvrage Anglais, seront peut-être surpris des changemens considérables que je me suis permis. La conduite de la Piece, le dénouement, jusqu'aux noms sont ici différens. Séduit par les beautés d'un genre absolument neuf que présente l'Ouvrage de M. Mason, j'ai desiré pouvoir les transporter sur le Théâtre lyrique. Mais j'ai pensé aussi que l'intervention d'un fils de Caractacus, qui, dans l'Ouvrage Anglais, ne vient que pour tenter des efforts inutiles, & mourir blessé sur le Théâtre ne feroit qu'embarrasser l'action qui, du moins je le crois, ne peut jamais être trop simple dans une Piece destinée à être mise en musique. J'ai craint, dans un Ouvrage dénué de divertissemens, de finir par une catastrophe douloureuse, telle que seroit la prise de Caractacus, qui est le héros de la Piece, & sur qui l'intérêt doit naturellement se porter. Le dénouement que j'adopte ne s'écarte point de l'histoire, & je ne fais qu'avancer le triomphe de Caractacus. Quant aux changemens de noms, ce sujet n'étant point national pour tous, & d'ailleurs étant peu connu, j'ai cru que le seul point nécessaire étoit de conserver les mœurs & les différentes passions des Personnages qui agissent dans la Piece. Je craignois aussi que les noms de Caractacus, Elidurus, Cartismandua, Aulus-Didius, &c. ne chagrinassent l'oreille, surtout prononcés en musique.

C'est au Public à juger si j'ai rempli mes intentions qui étoient, en lui présentant un Ouvrage d'un genre aussi nouveau, de mériter son indulgence & de le distraire des sujets un peu plus séveres que je lui ai présentés jusqu'ici.

Le Poëme ne faisant gueres que moitié de la tâche que nous avons à remplir, le prix que l'Académie a accordé à celui-ci me rassure moins que les talens du célebre Compositeur qui a consacré à cet Ouvrage les derniers élans d'un génie fécond qui étoit encore dans toute sa force, lorsqu'une mort aussi funeste qu'imprévue l'a enlevé aux plaisirs du Public, & a porté le désespoir dans l'ame de ses Amis.

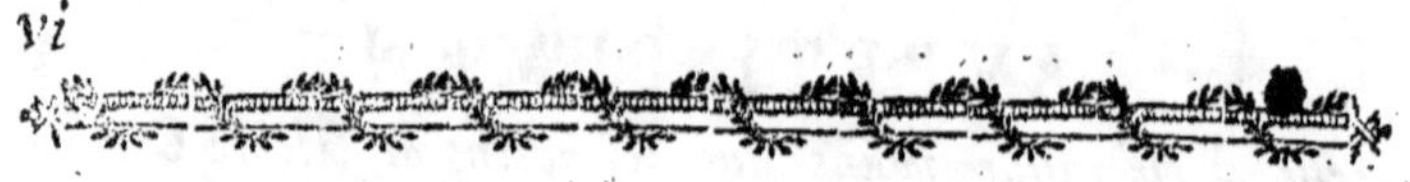

ACTEURS ET ACTRICES
CHANTANS DANS LES CHŒURS.

Côté du Roi.		Côté de la Reine.	
Mesdemoiselles.	*Messieurs.*	*Mesdemoiselles.*	*Messieurs.*
Courneuve.	Péré.	Thaunat.	Larlat.
Manthe.	Martin.	Emil. Gavaudan.	Rey.
Dubuisson.	Legrand.	St. Amant.	Cauchois.
Garrus.	Poussez.	D'Hautrive.	Huby.
Rouxelin.	Touvoys.	Davide.	Peausellier.
Sanctus.	Duplessier.	Tauner.	Tacusset.
Leclerc.	Chapelot.	Bressort.	Delori.
Delaigle.	Delboy.	Macker.	Fagnan.
Gouémelle.	Cavallier.	Beaumont.	Bouvard.
Amiot.	Jouve.	Frennevile.	Joinville.
Marinville.	Moulin.	Clozet.	Le Roux, l.
Ballassé.	Duch p.	Méziere, c.	Guitard.
	Débeirk.		Rouen.
			Fleurville.
			Chévrier.

ACTEURS CHANTANS.

ARVIRE, *Roi des Silures*,		M. Chéron.
EVÉLINA, *Fille d'*ARVIRE,		Mme Chéron.
IRVIN,	*Princes Bretons*, *Fils d'*ELFRIDA, *Reine de Lénox*,	M. Laînez.
VELLINUS,		M. Laïs.
MESSALA, *Général Romain*,		M. Moreau.
MODRED, *Chef des Druides*,		M. Chardiny.
UN BARDE,		M. Martin.
UN ROMAIN,		M. Châteaufort.

DRUIDES.

BARDES.

SOLDATS ROMAINS.

SOLDATS BRETONS.

La Scene est dans l'Isle de Mona.

GUERRIERS ROMAINS.

MM. Dupin, Deſchamps, Richard, Cantagrelle.

GUERRIERS BRETONS.

MM. Poinon, l'Huillier, Pladix, Hus.

ARVIRE, ET EVELINA.

ACTE PREMIER.

Le Théatre représente un clair de Lune, au travers d'un bocage formé par des chênes; on voit la Mer agitée. De chaque côté de la Scène sont des rochers.

SCENE PREMIERE.

MESSALA, *plusieurs* SOLDATS *Romains.*

(*Ils avancent doucement, & paroissent observer avec étonnement & inquiétude, la partie de la Forêt où ils se trouvent.*)

PREMIER CHŒUR à demi voix.

AVANÇONS, marchons en silence;
De ces sombres Forêts perçons tous les détours.

SECOND CHŒUR.

Pénétrons de ces bois la profondeur immenſe,
L'aſtre pâle des nuits nous prête ſon ſecours.

MESSALA.

Romains, c'eſt en ce lieu, ſous ces roches arides,
Dont l'impoſant abri ſert de Temple aux Druides;
C'eſt-là qu'Arvire en paix, bravant encor Céſar,
Médite ſa vengeance, & cache ſa défaite.
Que de Claude, dans Rome, il vienne orner le char;
Amis, découvrons ſa retraite.
Duſſions-nous le chercher, juſqu'au fond des enfers,
Ne ſouffrons pas qu'il échappe à nos fers.

ENSEMBLE.

Duſſions-nous le chercher juſqu'au fond des enfers,
Ne ſouffrons pas qu'il échappe à nos fers.

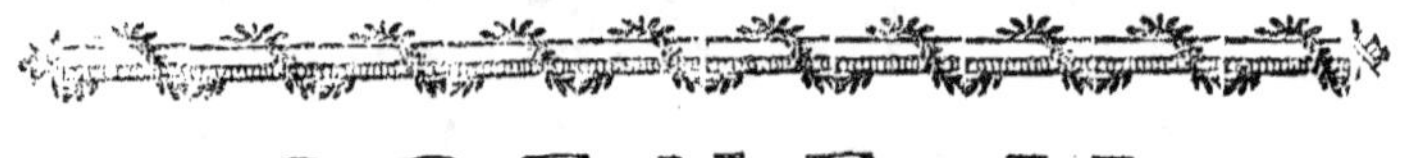

SCENE II.

IRVIN, VELLINUS, LES PRÉCÉDENS.

IRVIN.

AUdacieux Romains, qu'oſez-vous entreprendre?
Qu'Arvire ſoit ou non renfermé dans ces lieux,

N'espérez pas de l'y surprendre :
Il est en sureté, sous la garde des Dieux.

MESSALA.

Mona méconnaît-elle & Rome & sa puissance ?
Nos efforts réunis....

IRVIN.

Vos efforts seront vains ;
Arvire peut ici, tranquille & sans défense,
Braver vos Légions, vous & tous les Romains.

MESSALA.

Si l'on ne peut soumettre Arvire,
Par la ruse du moins on pourra le réduire,
Et pour ce grand dessein, Rome a fait choix de vous.

IRVIN.

Vous proposez un crime, & vous comptez sur nous !

MESSALA.

L'Arrêt est prononcé, c'est à vous d'y souscrire.
Votre mere, en secret, alliée aux Romains,
Pour garants de sa foi, vous remit en mes mains ;
Ou suivez-nous dans Rome, ou livrez-nous Arvire ;
Votre sort de vous seuls va dépendre aujourd'hui.
Prononcez.

IRVIN.

Ciel !

VELLINUS.

J'accepte, & vous réponds de lui :
Mais ſi le Roi, Seigneur, prend ſur nous quelqu'ombrage ?

MESSALA, *lui donnant un anneau.*

De votre foi préſentez-lui ce gage.
Dites-lui que la Reine a trouvé des vengeurs,
Que déja votre mere a lavé ſon outrage,
Et ravi ſon épouſe aux fers de ſes vainqueurs.
Vous verrez ce vieillard, avide de vengeance,
Saiſir avec tranſport, la plus faible eſpérance,
Et brûler de vous ſuivre à des périls nouveaux :
Conduiſez-le, Princes, à mes vaiſſeaux,
Et méritez le prix que Rome vous propoſe.

(*Ils ſortent.*)

SCENE III.

IRVIN, VELLINUS.

IRVIN.

A ce lâche attentat le Ciel même s'oppose ;
Infortuné Monarque, il soutiendra ta cause.

VELLINUS.

Mon frere, pourriez-vous refuser d'obéir ?

IRVIN.

Mon frere, à ce projet pourriez-vous consentir ?

VELLINUS.

Ah ! de la liberté sentez tout l'avantage.

IRVIN.

Préférons-lui plutôt le plus dur esclavage.

VELLINUS.

Quoi, l'ordre d'une mere, & celui des Romains ?

IRVIN.

La franchise & l'honneur, voilà nos Souverains.

ENSEMBLE.

IRVIN.	*VELLINUS.*
A ma voix rendez-vous mon frere,	Si la liberté vous eſt chere,
Que nous importe un vain traité ;	Soumettez-vous à ce traité,
Le vil intérêt l'a dicté ;	Notre intérêt ſeul l'a dicté ;
Faiſons-en rougir une mere.	Cédons à la loi d'une mere.

VELLINUS.

De Céſar aujourd'hui, nous ſommes les ſujets.

IRVIN.

Nul pouvoir n'a le droit d'ordonner des forfaits.
Avant que de tremper dans ces complots perfides
J'irois plutôt... j'irois avertir les Druides.

VELLINUS.

Eh bien, ôſe accomplir tes illuſtres projets,
Qu'un vieillard inconnu l'emporte ſur ta mere ;
Oſe à ſes intérêts ſacrifier ton frere :
Cours.

IRVIN.

Ciel ! que me dis-tu ?

VELLINUS.

Ce que j'ai dû penſer.

IRVIN.

Et ſi cruellement tu pourrois m'offenſer !

Juge mieux un frere qui t'aime ;
Ah ! je sens trop que dans mon cœur
Ton intérêt balance l'honneur même.
D'un remords éternel épargne nous l'horreur ;
Vois ce vieillard, courbé sous le poids de sa chaîne,
Du Trône & des Autels plaindre les droits trahis ;
Nommer en frémissant les objets de sa haîne,
Et couvrir nos deux noms de honte & de mépris.

VELLINUS.

Mon choix est fait, je vais....

IRVIN.

Arrête.
Te montrer en ces lieux, c'est exposer ta tête.

(*On entend une Symphonie majestueuse.*)

Mais qu'entens-je ? déja, vers ces lieux solitaires,
Les Druides sacrés descendent à pas lents,
Craignons de troubler leurs mysteres ;
Dérobons-nous, mon frere, à leurs yeux pénétrans.

(*Ils sortent.*)

SCENE IV.

(*Les Druides précédés de Modred, descendent de la Montagne au son d'une symphonie majestueuse. Ils sont vêtus de longues robes blanches : ils ont une couronne de feuilles de chênes.*)

MODRED.

LA nuit & le silence entourent ce feuillage ;
Le plus léger zéphir n'ose en troubler la paix :
Que ce calme imposant a de puissans attraits !
La Majesté des Dieux réside en ce bocage.

(*Aux Bardes.*)

Vous, de cette enceinte sacrée,
Observez avec soin tous les détours secrets,
Que nul mortel n'en profane l'entrée.

(*Les Bardes s'éloignent.*)

CHŒUR.

O Mont sacré ! reçois nos vœux,
Ecoute Mona qui t'implore ;
Elle t'adresse avant l'aurore
L'hommage pur qui plaît aux Dieux !

Tu

Tu fais naître le doux repos;
Nous trouvons ſous ta noble cîme,
L'oubli conſolant & ſublime,
Et des faux biens, & des vrais maux.

O Mont ſacré! &c.

MODRED.

Druides, ceſſons nos prieres.
Le plus grand de nos Souverains,
Ce zélé protecteur du culte de nos peres,
Arvire, ſi long-tems la terreur des Romains,
Vaincu par eux, s'eſt caché dans cette Iſle.
Ce Monarque à nos ſoins ſe confie aujourd'hui;
Rendons des fiers Romains la recherche inutile:
Que ce vieillard auguſte au moins trouve un azile
Aux pieds de ces Autels dont ſon bras fut l'appui.

(*Arvire paroît avec Evélina.*)

C'eſt-lui... les noirs chagrins ſont peints ſur ſon viſage:
Evélina ſa fille accompagne ſes pas...
Hélas! des grandeurs d'ici bas
Voilà donc quel eſt le partage!
Dieux! ſur elle & ſur lui répandez vos bienfaits.

SCENE V.

ARVIRE, EVELINA, LES PRÉCÉDENS.

ARVIRE.

J'AIME la ſombre horreur de ce ſéjour ſauvage;
Le calme affreux de ces forêts
Plaît à mon cœur & nourrit mes regrets.

Je vous ſalue, ô chênes Britanniques!
De la nature heureux enfans,
Vous croiſſez librement ſous ces roches antiques,
Vous élevez aux Cieux vos rameaux bienfaiſans,
Sans craindre d'un Prêteur les ordres tyranniques...
O Romains! ô Romains!..

MODRED.

Etouffez ces regrets,
Nos ſoins de votre cœur guériront la bleſſure,
Des Dieux, dans nos revers, adorons les décrets,
Et ſoumettons-nous ſans murmure.

ARVIRE.

J'étois né ſur le Trône, & je ne ſuis plus rien.

Ces Dieux m'ont tout ravi.

MODRED.

Qu'ils ſoient votre ſoutien!

ARVIRE.

Mon épouſe. . . ah! c'eſt-là ma plus ſenſible injure,
Les Romains à mes yeux ont oſé la ravir,
Et mes lâches ſoldats n'ont pu la ſecourir.

(*à Evélina.*)

O fille malheureuſe & chere,
Tu portes ſeule, hélas! le poids de ma miſere;
Ma foibleſſe & mon âge ont cauſé tes malheurs,
Ce bras, ce foible bras n'a pu ſauver ta mere.

EVÉLINA.

Les Dieux la rendront à nos pleurs;
Ils finiront nos maux, ils briſeront ſes chaînes,
Que cet eſpoir hélas! adouciſſe vos peines.

A mes pleurs laiſſez-vous fléchir;
Que le calme de ces retraites
Des pertes que vous avez faites
Efface l'affreux ſouvenir!
Des Dieux, dans notre ſort contraire,

Je bénis encor la bonté;
Ces Dieux ne m'ont pas tout ôté,
Puisqu'ils m'ont conſervé mon pere.

ARVIRE.

Douce & modeſte Evélina
Tu retraces hélas! à mon ame attendrie
Les traits de l'épouſe chérie
Que le ſort cruel m'enleva.

EVELINA.

Hélas!

ARVIRE.

Juſtes Dieux que j'implore,
Rendez la force à ces bras languiſſans;
Des efforts des Romains j'ai triomphé vingt ans,
Je puis vaincre & combattre encore.

De ces heureux brigands, Dieux! vengez l'univers,
Que le monde ſoit libre, & briſe enfin leurs chaînes;
Bornons l'eſſor de ces aigles romaines,
Dont le vol inſolent a franchi les deux mers.

(*On entend un bruit derriere le Théatre.*)

MODRED.

Seigneur, modérez-vous... Ciel! que viens-je d'entendre,
Quel profane en ces lieux oſeroit nous ſurprendre?

SCENE VI.

UN BARDE, LES PRÉCÉDENS.

UN *BARDE.*

O mon pere... à l'inſtant vers ces lieux retirés,
Dans ces ſombres réduits, à Snowdon conſacrés.
Deux mortels ont oſé paroître ;
Je les crois de Lénox, & les mene en ces lieux.

MODRED.

Quel ſacrilége ! *à Arvire.*
Ah ! Seigneur, ah ! mon maître.
Que cet autel au moins vous dérobe à leurs yeux ;
Cet horrible attentat nous cache un noir myſtere.

(*Arvire & Evélina ſe cachent derriere l'autel.*)

Profanes, approchez.

SCENE VII.

VELLINUS, IRVIN, LES PRÉCÉDENS.

VELLINUS.

Mortels, que je révere,
De ces autels ſacrés auguſtes défenſeurs,
Ne nous condamnez pas & daignez nous entendre.

MODRED.

Répondez. En ces lieux qu'oſiez-vous entreprendre?
Quel eſt votre pays?

VELLINUS.

Lénox.

MODRED.

O Dieux vengeurs!
Vous l'entendez: ce mot ſeul les condamne.
Quoi, nourris dans nos loix, élevés dans nos mœurs,
Vous oſez juſqu'ici porter un pied profane!
Du Ciel que vous bravez redoutez le courroux.

IRVIN.

Au nom des Dieux, Seigneur, écoutez-nous.

VELLINUS.

Mona fut-elle plus ſacrée
Que la voûte des Cieux & leur plaine azurée,
Vous-même excuſeriez encor notre attentat.

MODRED.

Quel eſt donc le motif que couvre un tel myſtere ?

VELLINUS.

Votre ſalut, le nôtre, & celui de l'état.

IRVIN.

La Reine de Lénox, Elfrida, notre mere,
Seigneur, nous députe vers vous.

VELLINUS.

Arvire eſt en ces lieux.

MODRED.

Il y ſeroit ſans crainte.
Si ce Monarque habitoit parmi nous,
Croiroit-on le ravir à cette auguſte enceinte.

VELLINUS.

Quel horrible deſſein nous prêtez-vous, Seigneur ?

Nous venons contre Rome implorer sa valeur;
Lui fournir des secours & servir sa vengeance.
Elfrida pour lui seul arme de toutes parts,
Déja nos bataillons épars
De ce Héros, pour vaincre, attendent la présence;
Qu'il daigne seulement guider nos étendards,
Et du joug des Romains ce moment nous délivre.

SCENE VIII.

ARVIRE, *paroissant avec précipitation*, EVELINA, LES PRÉCÉDENS.

ARVIRE.

ME voici, me voici... Princes, je vais vous suivre.

EVÉLINA.

Ah! mon pere, arrêtez...

MODRED.

Seigneur, que faites-vous?

VELLINUS.

Le voilà ce Héros qui combattit pour nous,
De tant de nations le soutien & la gloire,

A

A cet auguſte front où brille la victoire,
Je reconnois ce Roi qui nous a vengé tous !

A ſes genoux proſternons-nous, mon frere.
Préſentons au nom d'une mere
Ce gage ſacré de ſa foi.
(*Il remet l'anneau.*)
Votre épouſe...

ARVIRE.

Que vois-je ! ô ciel ! ô jour proſpere !
Quoi, la Reine !...

VELLINUS.

Elle eſt libre.

ARVIRE.

A peine je vous croi,
A qui dois-je, Seigneur, un ſi grand avantage ?
Quel Héros bienfaiſant a vengé mon outrage ?
A ſes indignes fers qui l'a pu ravir ?

VELLINUS.

Moi;
Le Ciel, Seigneur, a ſervi mon courage,
J'ai vaincu les Romains.

ARVIRE.

O mon fils ! mon cher fils !

Dans mon cœur viens prendre la place
Des fils que le ſort m'a ravis ;
Tu rends la vigueur & l'audace
A ces bras par l'âge affoiblis.
Viens, que je marche à votre tête !
Que Rome en pâliſſe d'effroi !
C'eſt ton triomphe qui s'apprête,
Il va m'acquitter envers toi !

FIN DU PREMIER ACTE.

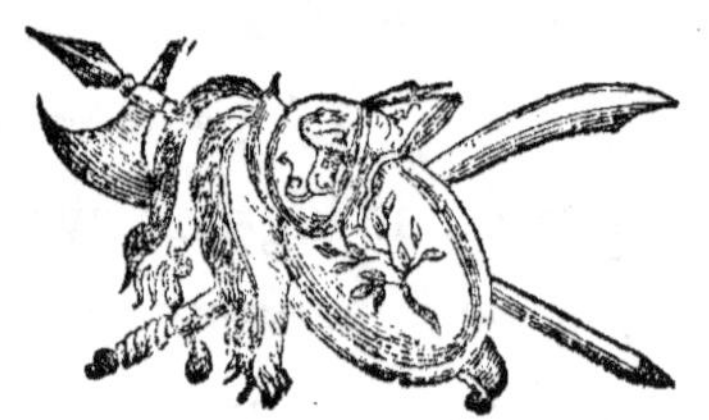

ACTE SECOND.

Le Théâtre représente une Grotte magique, destinée aux mysteres secrets des Druides.

SCENE PREMIERE.

MODRED, DRUIDES ET BARDES.

MODRED.

De nos rites divins, sages dépositaires,
Elevez jusqu'au Ciel vos chants religieux.
Attirez sur moi ses lumieres:
Que l'obscur avenir se dévoile à mes yeux.

HYMNE.

Consolante & douce harmonie,
O toi qu'un art divin fit descendre des Cieux!
Répands sur nos esprits ta puissante Magie,
De tes charmes touchans viens embellir ces lieux.
Tes accords enchanteurs enflamment le génie;
Par toi l'humble mortel commerce avec les Dieux.
De nos Dieux sur Modred attire les lumieres.
Montre-lui du destin les plus secrets mysteres.

MODRED.

Silence!... le destin obéit à ma voix!
Du tems qui fuit le voile obscur s'entr'ouvre;
L'incertain avenir à mes yeux se découvre....
Il fuit .. Il reparoît! .. Ciel! qu'est-ce que je vois...
Diane fuit épouvantée;
De son auguste front l'éclat s'évanouit....
Quel astre malfaisant la suit,
Et répand sur Mona sa vapeur infectée....

Mais qu'entends-je?... quel cris perçans
Redoublent l'horreur qui m'obsede...
Disparoissez, glaives sanglans!...
Au froid qui me glaçoit quelle chaleur succede!
Ecoutons... vers ces lieux quelqu'un porte ses pas...

SCENE II.

EVÉLINA, *les précedens.*

EVÉLINA.

AH ! Seigneur, pardonnez au trouble qui me presse,
De ma témérité ne vous offensez pas.
Secourez-nous.

MODRED.

Que voulez-vous, Princesse?

EVÉLINA.

Mon pere est en danger.

MODRED.

D'où vous vient cet effroi?

EVÉLINA.

De ces deux étrangers je soupçonne la foi.

MODRED.

Dans un cœur aussi pur le soupçon doit surprendre:
Qui peut vous l'inspirer?

EVÉLINA.

La nature & mon cœur.
Il s'agit de mon pere & de tout mon bonheur,
Hélas! je n'ai pu m'y méprendre.
Du plus jeune des deux j'observois le maintien;
Il soupiroit, Seigneur, & ne parloit qu'à peine;
Son geste, ses regards, tout annonçoit la gêne:
Son œil triste & confus n'osoit fixer le mien....
Je me trompe, ou son cœur répugne encore au crime:
D'un poids secret il paroissoit chargé.

MODRED.

Eh bien, qu'à l'instant même il soit interrogé;
Peut-être ce soupçon n'est que trop légitime.

EVÉLINA.

Songez que ce soupçon n'est dû qu'à sa candeur,
Que d'un forfait, son ame est sans doute incapable;
Vengez les Dieux, mon pere, & les loix & l'honneur.
Mais n'accablez que le coupable.

MODRED.

Il suffit ; mais tous deux viennent avec le Roi :
Princesse, éloignez-vous & soyez sans effroi.

(*Evélina sort.*)

SCENE III.

ARVIRE, VELLINUS, IRVIN, MODRED, DRUIDES ET BARDES.

ARVIRE, aux Princes.

Que mon cœur applaudit à ce noble courage!
La gloire nous appelle & va guider nos pas.
Ah! ne tardons pas davantage.
Druides, avez-vous raſſemblé vos Soldats?

MODRED.

Avant de haſarder & l'état & vous-même,
J'ai cru devoir, Seigneur, interroger les Dieux.

ARVIRE.

En vengeant leurs autels j'ai du compter ſur eux.

MODRED.

Nous comptons comme vous ſur leur bonté ſuprême,
Mais tout ici, Seigneur, m'inſpire des ſoupçons.

VELLINUS.

VELLINUS.

Oseriez-vous douter de la foi d'une Reine,
Vous ?

MODRED.

Modérez cette audace hautaine :
Je ne rendrai qu'au Roi compte de mes raisons.
Si vous osez manquer de respect pour mon âge,
Ayez-en pour les Dieux que nous représentons.

VELLINUS, au Roi.

Au sang dont nous sortons feriez-vous cet outrage ?
Vous, Seigneur ?

ARVIRE.

Non sans doute ; & malgré ses discours,
Je sens que c'est le Ciel qui m'offre vos secours.

O ma patrie ! ô fortuné rivage !
Des Dieux sur toi les regards sont ouverts.
Oppose un noble orgueil à Rome qui t'outrage.
Tes enfans avilis vont rompre enfin leurs fers :
Montre-toi libre & triomphante !
De l'Eternel la main puissante
Posa tes fondemens sur l'abîme des mers.

MODRED.

Eh bien qu'à cet eſpoir nos ames s'abandonnent,
Mais de nos Dieux méritons les bienfaits,
Et ne rejettons pas les clartés qu'ils nous donnent.
(*aux Princes.*)
Princes, dans un inſtant vous ſerez ſatisfaits.
Sous cette roche inacceſſible, obſcure,
De nos Dieux infernaux eſt l'autel redouté.
Ce lieu formidable au parjure
Ne fut ſouillé jamais avec impunité....

Aux yeux de tous montrez votre innocence;
Que l'un de vous y jure en ma préſence.

VELLINUS.

Vous oſez...

MODRED.

Il faut obéir.
Si vous êtes ici, Princes, pour nous ſervir,
Nous vous devons amour, reſpect, reconnoiſſance;
Mais vous êtes perdus, ſi vous oſez trahir:
Il faut que l'un des deux marche ſous ma conduite.
(*à Irvin.*)

C'eſt vous que je choiſis,

IRVIN.

Qui, moi, Seigneur?

(*à part.*)

Grands Dieux!

MODRED.

Vous vous troublez?

VELLINUS.

De vos ſoupçons honteux
Son ame généreuſe & s'indigne & s'irrite.
Ils peuvent étonner, non troubler un grand cœur.
(*à Irvin.*)
Songez qu'entre vos mains, mon frere,
Eſt notre propre gloire & l'honneur d'une mere.
Il ſuffit, je vous laiſſe..
(*à Arvire.*)
Eloignons-nous, Seigneur.

(*Le* ROI *ſort avec* VELLINUS.)

SCENE IV.

IRVIN, MODRED, LES DRUIDES.

IRVIN, (à part, ſur l'Avant-Scène.)

QUE fais-je?... moi trahir ce vieillard vénérable!
Et ſa fille!... Grands Dieux! Sa beauté, ſa candeur
Redoublent mes remords & l'horreur qui m'accable.
J'aurois tout fait pour elle, & tel eſt mon malheur
Qu'il faut aider moi-même à lui percer le cœur.

MODRED.

Je vous crois innocent, mais je le crois coupable,
Prince: ſur votre ſort je me ſens attendrir.

IRVIN.

Si d'une lâcheté mon frere étoit capable,
Je pourrois le blâmer, mais non pas le trahir.

MODRED.

Songez qu'un même ſort menace les deux freres.

IRVIN.

J'ai tout prévu, Seigneur, commencez vos myſteres.

(*Les Druides inférieurs entourent Modred.*)

MODRED.

Sortez du gouffre des tombeaux,
Venez à nous, Dieux infernaux!

O vous qui punissez les crimes,
Qui des replis du cœur percez l'obscurité!
Du fond de vos abîmes
Faites sortir l'Auguste vérité.

(*Le Théâtre s'obscurcit, le rocher du fond s'ouvre & présente un abîme profond dont l'extérieur est foiblement éclairé.*)

MODRED (*à Irvin.*)

Profite du moment que ma pitié te laisse:
L'heure fuit, le tems presse,
Dévoile ton cœur à nos yeux.

LE CHŒUR.

Jeune imprudent ne tente pas les Dieux,
Crains leurs foudres vengeurs qui grondent sur ta tête.

IRVIN (*à part.*)

Vous connoissez mon cœur, grands Dieux, dois-je trahir?

MODRED.

Que dites-vous?

IRVIN, s'avançant du côté de l'abîme.

Que je cherche à mourir.

SCENE V.

EVÉLINA, *accourant avec précipitation*, LES PRÉCÉDENS.

EVÉLINA.

NON, Druide, arrêtez... malheureux Prince, arrête.

IRVIN.

Ciel! que vois-je?... Ah! Seigneur, ne me retenez plus.

MODRED.

Non: vos efforts sont superflus,
Déja la vérité vous poursuit & vous presse.
Si vous n'avez osé l'avouer devant nous,
Osez répondre à la Princesse,
C'est un Dieu protecteur qui la conduit vers vous.

(*Il sort avec les Druides.*)

SCENE VI.

EVELINA, IRVIN.

IRVIN.

CIEL !

EVÉLINA.

Daignez m'écouter : dans mon humble fortune,
Je ne dois pas, Seigneur, vous inſpirer d'effroi.
(*Irvin reſte toujours éloigné.*)
D'où vient qu'avec horreur vous fuyez loin de moi ?
C'eſt l'effet du malheur : ſa préſence importune.

IRVIN.

Que vous pénétrez mal dans le fond de mon cœur !

EVÉLINA.

Je crois du moins y voir de la candeur ;
Cet eſpoir m'encourage & ſoutient ma foibleſſe.
Un devoir bien ſacré, bien cher à ma tendreſſe,
Près de vous m'a conduit, Seigneur.

IRVIN, se rapprochant.

Ah! parlez...

EVÉLINA.

S'il est vrai que la Reine, ma mere,
Ait trouvé chez la vôtre un noble & sûr appui,
Vous l'avez vue... hélas! j'ai tant plaint sa misere!
Vous pouvez sur son sort m'éclaircir aujourd'hui.

IRVIN (à part.)

Que lui dirai-je? ô dieux,

EVÉLINA.

Vous semblez vous confondre,
Vous détournez les yeux & craignez de répondre.
D'un silence contraint je conçois les raisons,
Et ma crainte en effet étoit trop légitime.

IRVIN.

Quoi?...

EVÉLINA.

Ce n'est pas sur vous que tombent mes soupçons;
Non, Prince, votre cœur n'est pas né pour le crime.

IRVIN.

IRVIN.

Hélas!

EVÉLINA.

Avouez-le, Seigneur;
Vous dissimulez avez peine;
D'un crime médité la contrainte & la gêne
Afflige & révolte un grand cœur.

IRVIN.

Princesse, au nom des Dieux! souffrez que je vous quitte.

EVÉLINA.

Non: vous éclaircirez le doute qui m'agite.

IRVIN.

Je vais chercher la mort: elle est mon seul recours.

EVÉLINA.

Cruel! vous préférez la mort à mes secours!

IRVIN (très-tendrement.)

Hélas! daignez m'entendre;

Mon cœur eſt prêt à vous ſervir.
Hors un crime, pour vous je puis tout entreprendre.

EVÉLINA.

A la vertu je veux vous rendre;
Quand ſa voix cherche à vous fléchir,
Votre cœur aveuglé refuſe de l'entendre.

IRVIN.

Ah! que demandez-vous?

EVÉLINA.

Soyez notre ſoutien.

IRVIN.

Vous me percez le cœur.

EVÉLINA.

Vous déchirez le mien.

ENSEMBLE.

IRVIN.

O combat qui me déſeſpère!
Fatal aſcendant de l'honneur!

Faut-il ſervir l'amour, faut-il ſervir mon frère?
Ciel! daigne m'éclairer, & commande à mon cœur.

ÉVELINA.

O combat qui me déſeſpère!
O ciel! daigne eclairer mon cœur.
Vainement ſur le choix ſon ame délibère;
Il ne doit obéir qu'à la voix de l'amour.

ÉVÉLINA.

J'aurai donc vainement tenté de vous fléchir ?

IRVIN.

Évélina !...

EVÉLINA.

Parlez...

IRVIN (dans le plus grand trouble.)

Ciel ! qui dois-je trahir ?

EVÉLINA.

Votre frere.

IRVIN.

Mon frere !

EVÉLINA.

Il a cessé de l'être :
Prince, vous ne pouvez l'avouer sans rougir.
D'un tel forfait s'il a pu se noircir,
C'est un crime pour vous d'oser le reconnoître...
Mais non, j'ai lu dans votre cœur,
Vous n'avez point trempé dans ce complot impie :

Votre frere... le lâche! a-t-il pu sans horreur
De cette trahison approuver l'infamie!
Votre cœur s'attendrit sur nous!
Prince, je vois couler vos larmes,
Rendez un pere à nos vives allarmes,
Sa fille en pleurs embrasse vos genoux.

IRVIN.

Je ne puis résister aux charmes qui m'attire:
Il faut....

EVÉLINA.

Ciel! achevez:

IRVIN.

Qu'allé-je faire, hélas!
Non, cet horrible aveu ne m'échappera pas.
Gardez-vous d'abuser de mon affreux délire.

(*Dans le plus grand abandon.*)

Hélas! vous pouvez tout sur moi:
Vous voyez toute ma foiblesse.
En proie à l'horreur qui m'oppresse,
Je mets entre vos mains mon honneur & ma foi.
Je sens que tous les deux déchirent trop mon ame:
Entraîné par l'amour, retenu par l'honneur,

Mon cœur, que l'un & l'autre enflamme,
N'a que le choix du crime, ou le choix du malheur.

EVÉLINA.

Va, j'ai pitié de ton foible courage;
Tu m'étales en vain tes vœux irrésolus.
Le devoir, l'intérêt, l'honneur même t'engage.
Et tu peux balancer?

IRVIN.

Je ne balance plus.
Le ciel m'inspire un parti nécessaire.
Je défendrai vos loix & vous & votre pere:
Contre Rome aujourd'hui je vous offre mon bras,
Mais répondez-moi de mon frere,
Coupable ou non, mon cœur ne le trahira pas.

EVÉLINA.

Il suffit, c'est le Ciel, Seigneur, qui vous inspire.
Ah! dans votre cœur généreux
Mes regards avoient bien su lire!
Ce moment remplit tous mes vœux.
Oui, vous prendrez notre défense,
Votre bras s'armera pour nous.
Protégez le malheur & vengez l'innocence,
Ce triomphe est digne de vous.

SCENE VII.

ARVIRE, MODRED, IRVIN.

ARVIRE.

O jour affreux ! lâche & vil artifice !
Leur crime eſt avéré.

EVÉLINA.

Rien n'eſt perdu, Seigneur,
Du Ciel l'éternelle juſtice.
Parmi vos ennemis vous préſente un vengeur.
(*montrant Irvin.*)
Le voici !

ARVIRE.

Lui ? grands Dieux !

EVÉLINA.

Son généreux courage
Peut de Rome, en ce jour, confondre les deſſeins.
Son frere eſt ſon garand & demeure en ôtage.

ARVIRE.

Son frere! le perfide a rejoint les Romains.

IRVIN.

Mon frere!

EVELINA.

Ciel!

IRVIN.

Ce dernier coup m'accable.
Il m'ose abandonner dans ce moment d'horreur!...
Non, d'un crime aussi bas il étoit incapable,
Les perfides Romains ont dégradé son cœur.

MODRED.

Il n'importe: Mona demande une victime,
Vous répondrez pour lui.

IRVIN.

Je brave vos fureurs.
Que m'importe la vie après tant de malheurs?
Que n'expiré-je, hélas! avant ce dernier crime!

O jour, ô jour affreux!
Sort fatal qui me désespere!

Perfide & lâche frere
Je ne te connois plus & je romps tous nos nœuds:
Hélas! on l'a féduit fans doute,
Son cœur étoit né vertueux.
Pour te haïr au gré de tous mes vœux,
Tu ne fais pas, ingrat, ce qu'il m'en coûte.

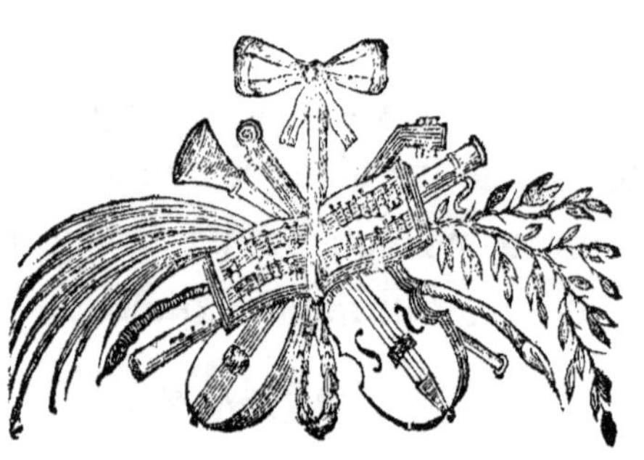

SCÈNE

SCENE VIII.

UN BARDE, *les* PRÉCÉDENS.

LE *BARDE.*

TOUT eſt prévu, Seigneur, & nos ſoldats ſont prêts.
Déja juſques dans nos forêts
Les Romains ont oſé deſcendre :
Mais il nous faut un chef.

ARVIRE.

Seul, je dois vous défendre.
L'eſpoir de vous venger rend la force à mon bras;
Je vais....

MODRED.

Nos loix, Seigneur, ne le permettent pas ;
Dans ces forêts on cherche à vous ſurprendre.
Songez qu'en ces auguſtes lieux
Vous avez pour garans nos ſermens & nos Dieux,
Et nous périrons tous avant que de vous rendre.

EVÉLINA vivement & montrant Iryin.

Nous n'avons donc d'eſpoir que dans ſon ſeul ſecours;
(*au Druide.*)

Seigneur, ainsi que moi, vous l'avez cru sincere.
Le refuser, c'est exposer mon pere,
Et vous avez ici répondu de ses jours.

IRVIN.

De quel noble transport mon ame est ennivrée!

Il se jette aux pieds d'Arvire.

Seigneur, vous ne pouvez résister à ses vœux.
N'exposez pas votre tête sacrée.
De ces lieux aux Romains, seul je défends l'entrée;
J'en atteste le Ciel, j'en jure par l'honneur,
Ou je venge l'affront qu'ils ont osé vous faire,
Ou j'expie, en mourant, le crime de mon frere.

ARVIRE le releve & l'embrasse.

C'en est assez: je cede à cette noble ardeur:
Le crime n'entre point dans une ame aussi belle.

MODRED.

Ainsi que vous, j'applaudis à son zele.
Venez, braves soldats, seconder sa valeur.

(*Le Théâtre se remplit de Soldats.*)

IRVIN.

Leur aspect me promet une gloire immortelle.

MODRED. Il donne à Irvin un glaive & un casque.

Le salut de l'état en vos mains est remis,
Songez de quel honneur la victoire est suivie.

IRVIN aux Troupes.

Marchons, braves amis,
Nous servons en ce jour les Dieux & la Patrie.

ARVIRE.

O mes enfans! ô mes amis!
Que ne puis-je avec vous défendre ma patrie!

IRVIN.

Qu'à la valeur, la prudence s'allie
Pour le bien de l'état soyons tous réunis.

EVELINA.

O Dieux de mon pays,
Protégez, secondez leur généreuse envie!

IRVIN & le CHŒUR.

Marchons braves amis,
Pour le bien de l'état soyons tous réunis.

ARVIRE.

Périsse Rome & sa fourbe exécrable!

De ſon joug odieux délivrons ces états:

IRVIN & le CHŒUR.

Que de nos Dieux la puiſſance équitable
Venge enfin, par nos mains, l'honneur de vingt états.
Marchons, braves amis, &c.

FIN DU SECOND ACTE.

ACTE TROISIEME.

Un autre Site, des Rochers élevés & en ſaillie forment le fond du Théatre. Du côté gauche eſt un bocage épais, dans lequel on découvre un autel ruſtique, de l'autre un ſouterrain.

SCENE PREMIERE.

ARVIRE, LES DRUIDES.

ARVIRE.

Vous voulez vainement enchaîner ma valeur;
Moi fuir! moi me cacher!

LES *DRUIDES.*

Modérez cette ardeur,
Le péril eſt extrême.

ARVIRE.

Il a pour moi des charmes.
Cessez, par vos conseils, de révolter mon cœur.
Druides, donnez-moi des armes.

LES *DRUIDES.*

En vous montrant vous nous perdez, Seigneur,
N'augmentez point vos trop justes allarmes.

MODRED.

Voulez-vous qu'à nos yeux les perfides Romains
Osent donner des fers à vos augustes mains ?
Rendons, s'ils sont vainqueurs, leur victoire inutile.
Ce souterrain profond n'est connu que de nous ;
Souffrez que son obscur asyle
Garantisse en ce jour & la Princesse & vous.

ARVIRE.

Ma fille ! à quels dangers, ô ciel ! l'as-tu livrée.
Ah ! je sens que mon cœur est capable d'effroi.
Je serois moins troublé, la voyant près de moi.

MODRED.

Avec nos chastes sœurs, dans la grotte sacrée,
Elle demande aux Dieux de veiller sur vos jours.

Nos ſoldats veillent à l'entrée,
Et ſauront l'amener par de ſecrets détours.
(*Les Druides & le Roi deſcendent dans le ſouterrain.*)

SCENE II.

MESSALA, VELLINUS, *Soldats de Rome & de Lénox.*

MESSALA.

AVANT de les forcer dans leurs profonds abîmes,
De ces lieux écartés fermons tous les accès.
(*à une partie des Troupes.*)
Vous, de ces hauts rochers enveloppez les cimes;
(*une partie des Troupes ſe porte derriere les rochers.*)
(*à l'autre partie.*)
Vous, gardez les détours de ce bocage épais.
(*l'autre partie enveloppe le côté gauche du Théâtre.*)

MESSALA à Vellinus.

De ces monts eſcarpés l'abord inacceſſible
Préſente à la valeur un obſtacle invincible.
Quel ſort funeſte a détruit nos projets!

VELLINUS.

Je l'avouerai, je tremble pour mon frere.
Trop foible, hélas! ou trop ſincere,
S'il avoit de vos plans dévoilé les ſecrets?

MESSALA.

Il eut pu vous trahir!

VELLINUS.

Il ſe perdroit lui-même:
Les Druides, Seigneur, ne pardonnent jamais.
L'abandonnerons-nous à ce péril extrême?
Ah! plutôt détruiſons, embrâſons leurs forêts.

ENSEMBLE.

Portons l'effroi dans ce ſéjour ſauvage,
Imitons ces Prêtres cruels;
Abandonnons leurs temples au pillage,
Et qu'ils tremblent pour leurs autels.

SCENE

SCENE III.

UN OFFICIER *Romain, suivi de quelques* SOLDATS, LES PRÉCÉDENS.

L'OFFICIER, à Messala.

SEIGNEUR, songeons à nous défendre,
Repoussons l'ennemi que nous croyons surprendre.
La terre à chaque instant s'entr'ouvre sous nos pas,
Et vomit à nos yeux des milliers de Soldats :
Irvin est à leur tête.

MESSALA.

Irvin !

VELLINUS.

O ciel ! mon frere.

L'OFFICIER, à Messala.

Votre présence est nécessaire,
Les Romains étonnés commencent à plier ;
Tout est perdu, Seigneur.

MESSALA.

Je cours les rallier.

(*à Vellinus.*)

Prince, avec vos Soldats d'élite,
Veillez ſur ce poſte important :
Et vous, braves Romains, marchez ſous ma conduite.

SCENE IV.

VELLINUS, SOLDATS *de Lénox.*

VELLINUS.

O du ſort retour accablant !
Grands Dieux, pour ennemi vous m'offrez donc mon frere !
Funeſte traité d'une mere !
Pour ſervir les projets de ces Romains altiers
Faut-il d'un ſang ſi cher arroſer nos lauriers !

Hélas ! je ne quittois ces repaires funeſtes,
Qu'effrayé du péril qui menaçoit ſes jours ;
Pour l'arracher à ces autels agreſtes,
J'avois volé de Rome implorer les ſecours.
Il nous trahit !... que dis-je ? ah ! d'une perfidie
Eſt-ce à moi d'accuſer ſon cœur trop généreux.

Il ſert un Héros malheureux,
Tandis qu'aux oppreſſeurs l'intérêt ſeul nous lie.

Pluſieurs voix, bas & dans l'éloignement.

Avancez, ſans effroi, ſous ce feuillage épais.

VELLINUS.

Du fond de ces antres ſecrets
Un bruit lointain s'eſt fait entendre.

(*aux ſiens.*)

Amis, obſervez tout: mais ſans mon ordre exprès
Gardez-vous de rien entreprendre.

(*Il ſe place en embuſcade avec ſa ſuite du côté où les voix ont été entendues.*)

SCENE V.

EVELINA, BARDES, *qui l'accompagnent.*

EVÉLINA. (*Elle ne paroît que sur le dernier vers & dans le fond du bocage.*)

DISSIPEZ mon mortel effroi,
Hélas! revérai-je mon pere?

LES BARDES.

Vous jouirez bientôt d'une vue aussi chere,
Repofez-vous fur notre foi.

EVÉLINA.

Soutenez mon foible courage.

UN BARDE.

C'eft loin de ces rochers qu'eft le champ du carnage.
Ne craignez rien.

EVÉLINA. (*Elle tombe aux pieds de l'autel ruftique qui eft au fond du bocage.*)

O Dieux de mon pays;
Dieux, protecteurs de la juftice,

Etendez ſur mon pere une main protectrice,
Et confondez ſes ennemis!

(*avec les Bardes.*)

De vos autels ſacrés vengez les priviléges.

(*On apperçoit des feux à différentes diſtances; Evélina ſe releve effrayée.*)

Avez-vous vu ces flammes ſacriléges?
Ah! courons vers mon pere...

(*Au moment où elle ſort du bocage avec les Bardes, Vellinus & les ſiens paroiſſent: elle rentre avec précipitation.*)

O Dieux! ô juſtes Dieux!

(*Les Soldats entourent le bocage.*)

LES *BARDES, derriere le Théatre.*

O ſort fatal! malheureuſe Princeſſe!

SCENE VI.

Le Théatre se remplit de Soldats qui environnent toutes les roches.

MESSALA, VELLINUS.

MESSALA, à Vellinus.

Que Rome doit de grace à votre heureuse adresse!
Prince, n'exposons pas un bien si précieux,
Veillez sur la Princesse avec un soin extrême :
Tandis que du combat le succès est douteux,
Loin des potrs de Mona conduisez-la vous-même.

(*Vellinus se retire, & Messala donne le signal de l'attaque.*)

(*Suivi des siens, il gravit contre les rochers; Irvin paroît sur leur sommet avec ses Troupes, & fait plier les Romains qui en descendent en désordre. Le combat est opiniâtre. Messala se porte à tous les postes. Les Romains reprennent pied, & font reculer les Troupes d'Irvin, qu'ils poursuivent, jusqu'à ce que le combat soit absolument hors de la vue des Spectateurs.*)

SCENE VII.

ARVIRE, *sortant du souterrain...*

ARVIRE.

LE cri terrible de la guerre
Pénetre & retentit au centre de la terre.
O malheureux Arvire ! ô déplorable Roi !
Quoi ! je demeure oisif & l'on combat pour moi !...
C'est trop languir dans cette incertitude,
Elle est affreuse pour mon cœur.
Que fait ma fille ?... Hélas ! de mon inquiétude
Chaque instant redouble l'horreur.

O ma fille ! En vain je l'appelle,
Les échos sont sourds à mes cris,
De tous les biens que vous m'avez ravis,
Grands Dieux ! je ne réclame qu'elle ;
O ma fille ! En vain je l'appelle,
Les échos sont sourds à mes cris.

SCENE VIII.

ARVIRE, MODRED, LES DRUIDES.

(*On entend les premieres mesures d'une marche triomphante.*)

MODRED.

O Mona ! ce grand jour va te couvrir de gloire;
Eleve ton front jusqu'aux Cieux.

ARVIRE.

Que dites-vous?

MODRED.

Inspiré par les Dieux,
Je vous annonce la victoire.

SCENE

SCENE DERNIERE.

(*Sur la fin de la marche triomphante, Irvin paroît avec les principaux Captifs, à la tête desquels est Messala. Il veut se jetter aux pieds d'Arvire.*)

ARVIRE, *l'embrassant.*

O d'un Roi malheureux noble & digne soutien!

IRVIN.

Des Dieux la puissance propice
A dirigé mon bras, armé pour la justice;
Seigneur, & j'ai vengé votre affront & le mien.

MESSALA.

Jeune homme, ton triomphe est de peu de durée,
Et, malgré les transports de ton ame ennivrée,
Je puis te rendre encor plus malheureux que moi.

IRVIN.

O Ciel!

MESSALA.

Je sais l'espoir & le soin qui te presse:
Ton frere, plus heureux que toi,
Déja loin de vos ports a conduit la Princesse.

ARVIRE, IRVIN, les DRUIDES, les GUERRIERS Bretons.

ENSEMBLE.

ARVIRE.

Ma fille! ah! malheureux! c'eſt moi qui ſuis vaincu!

DRUIDES & GUERRIERS.

O Ciel!

IRVIN.

Evélina! grands Dieux! qu'ai-je entendu!

IRVIN.

O mes amis! que réſoudre? que faire?
Où retrouver la trace de ſes pas?
Lâches Romains, & toi perfide frere,
Eh! quoi le Ciel vengeur ne vous confondra pas!
O mes amis! vous, Seigneur, vous, ſon pere,
Sous les mêmes drapeaux réuniſſons-nous tous,
Suivons les raviſſeurs juſqu'au bout de la terre,
Que le dernier Romain expire ſous nos coups.

ENSEMBLE.

Suivons les raviſſeurs juſqu'au bout de la terre,
Que le dernier Romain expire ſous nos coups.

Marchons....

(*On entend & l'on voit de nouvelles Troupes qui arrivent avec précipitation d'un des côtés de la Scene. Vellinus est à la tête.*)

IRVIN.

J'entends le signal de la guerre :
Quels nouveaux ennemis osent fondre sur nous?

(*appercevant Vellinus.*)

Perfide!

VELLINUS.

Arrête & reconnois ton frere.

(*Il jette son épée. Irvin reste étonné; les Soldats de Vellinus, en s'ouvrant, laissent voir Evélina qui court à son pere.*)

MESSALA, IRVIN, EVÉLINA.

ENSEMBLE.

MESSALA.

Grands Dieux!

IRVIN.

Evélina!

EVÉLINA, dans les bras d'Arvire.

Mon pere!

ARVIRE.

Ma fille! ô jour cent fois heureux!
Quel Dieu t'a pu rendre à mes vœux!

VELLINUS.

Le remords, la justice & l'exemple d'un frere.

D'un complot, peu fait pour mon cœur,
Daignez oublier l'injustice:
Le Ciel, qui confond l'artifice,
Donne la palme à la valeur.
Oui, quoique Rome en puisse dire,
J'ose m'applaudir à ses yeux;
Et mon cœur, en servant Arvire,
S'est rangé du parti des Dieux.

(*Irvin embrasse Vellinus avec transport.*)

MODRED, aux Romains captifs.

Rougissez d'une audace vaine,
Fiers Romains! vos projets sont enfin confondus.
Dans nos antres profonds, Soldats, qu'on les enchaîne.

ARVIRE.

Le vengeance à nos cœurs, Seigneur, ne convient plus.

Libres, à leurs vaisseaux je veux qu'on les ramene ;
Et que de nous César apprenne
Le respect qu'on doit aux vaincus.

MESSALA.

Ah ! c'en est trop, & la grandeur Romaine
Ne sera pas vaincue en générosité.
J'ose, au nom de César, vous promettre la Reine ;
Elle sera bientôt remise en liberté.
Seigneur, que ce grand jour comblant mon espérance,
De vous & des Romains cimente l'alliance.

ARVIRE.

Oui, que les Dieux soient garans de ma foi.

(*à Irvin.*)

Prince, dont le jeune courage,
Avec tant de noblesse a combattu pour moi ;
Comment m'acquitter envers toi ?

IRVIN, montrant Evélina.

Si j'eus quelques vertus, Seigneur, je les lui doi ;
Ce grand succès est son ouvrage.

ARVIRE.

De ma reconnoissance, ah ! qu'elle soit le gage !

Ce jour va remplir mon espoir.
Peut-être je la vois avec trop d'avantage,
Mais je crois que César, malgré tout son pouvoir,
N'eût pu jamais te donner davantage.

FIN.

APPROBATION.

J'ai lu, par ordre de Monseigneur le Garde-des-Sceaux, *ARVIRE ET EVELINA*, *Opéra* ; & je n'y ai rien trouvé qui m'ait paru devoir en empêcher la représentation ni l'impression.

A Paris, ce 25 Avril 1788. BRET.

www.ingramcontent.com/pod-product-compliance
Lightning Source LLC
LaVergne TN
LVHW020042170826
845678LV00001B/380

* 9 7 8 2 3 2 9 6 8 3 6 7 6 *